Torsten,
bester Trainer.
Also fast ...
Emma, krasse
Dribblerin

Dieses Buch gehört:

MIX
Papier aus verantwortungsvollen Quellen
FSC® C014496

ISBN 978-3-551-65202-7
Lektorat: Constanze Steindamm
Umschlag- und Innenillustrationen: Zapf
Umschlaggestaltung, Layout und Herstellung: Stefan Haupt
Printed in Germany

Heiko Wolz

Fußball!

Mein krasses Tagebuch

Mit Bildern von

ZAPF

CARLSEN

Inhalt

Der Dienstag, an dem der Rasen brannte. Also fast ...

Alter Falter!
Heute ist Jan schon wieder
zu spät zum Training gekommen.

Jan ist mein bester Freund,
aber manchmal ist er
eine richtige Schnarchnase!
Zum Geburtstag schenke ich ihm
echt einen Wecker.
Dann verpennt er das
Training nicht mehr.

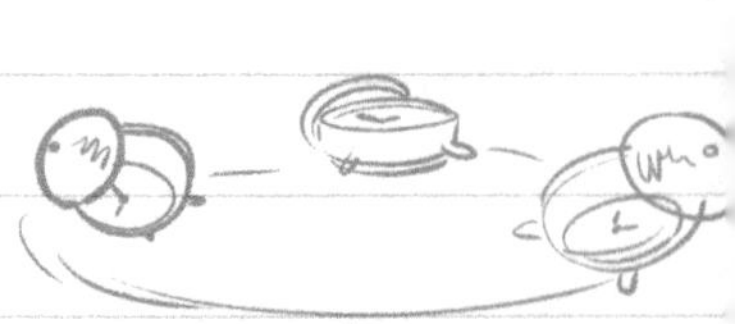

Unser Trainer Torsten hat ihm gleich einen Vortrag über **Fairplay** gehalten.

Dazu gehört eben auch, pünktlich zum Training und zu den Spielen zu kommen. So, wie ich das immer mache. Also fast immer.

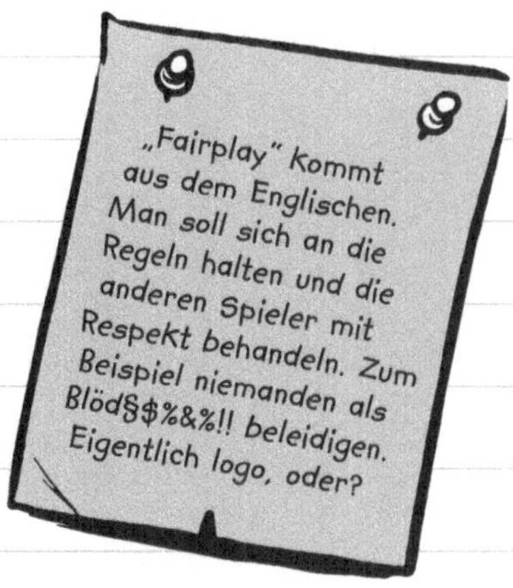

Das bin übrigens ich: Anton Herz.

Und das bin ich in

zehn Jahren:

Deshalb schreibe

ich dieses Tagebuch:

Die Weltmeisterschaft gibt es nur alle vier Jahre. Sie findet immer in einem anderen Land statt. Alter Falter, meinetwegen könnte sie zweimal in der Woche sein! Und immer bei uns in Alenberg!

Damit nach der gewonnenen **WM** alle wissen, wie ich zum besten Fußballer der Welt wurde.

Torsten mag es übrigens auch nicht,
wenn die Eltern der Adler
uns beim Training
heimlich Tipps geben.

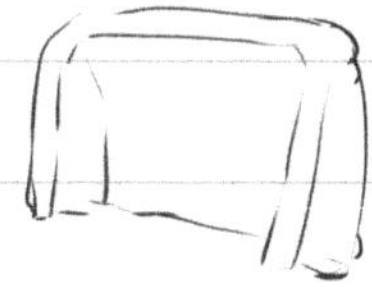

Die kommen auf echt verrückte Ideen!

Dafür hat Torsten ihnen heute
die Gelbe Karte gezeigt.

Er hat ihnen auch verboten,
am Samstag zu singen.
Da spielen wir gegen die Bullen.

Das letzte Mal haben unsere Fans
sie mit dem Song „An Tagen wie diesen“
von den Toten Hosen begrüßt.
Aber mit einem anderen Text.

„So Bullen wie diese
pinkeln gern auf die Wiese!
So Bullen wie diese
pinkeln gern auf die
Wie-hie-se!“

Die Bullen waren so sauer,
dass sie vor Wut in der ersten Halbzeit
vier Tore geschossen haben.

Am Ende haben wir 0 : 7 verloren.
Voll die Klatsche!

Deshalb ist das Training diese Woche
so **schmackofatz** wichtig.
Dieses Mal müssen wir gewinnen!

Heute haben wir uns schon
total reingehängt.
Zum Aufwärmen
haben wir
„Feuer, Wasser, Wind“
gespielt.

Bei „Wasser“ mussten wir auf die Bänke hüpfen, die am Rand des Spielfelds stehen.
Damit wir keine nassen Füße kriegten.

Als Torsten „Wind“ gerufen hat, haben wir uns auf den Boden geworfen.
Nur Felix hat da was falsch verstanden.

Bei „Feuer!“ hat sich jeder einen Ball geschnappt und ist in den Mittelkreis gerannt.

Dabei haben wir „HILFE“ gebrüllt wie blöd.

Alter Falter, war das LAUT!

Am lautesten haben Jan, Emma und ich geschrien. Wir sind die Topspieler der Adler.

Jan hält als Torwart den Kasten so sauber wie seine Mama das Klo.

Emma dribbelt mit allem, was rund ist.

Ich verteile im Mittelfeld die Bälle
und stoße in den Sturm vor.

Gemeinsam sind wir unschlagbar.
Also fast.

Nach dem Abendessen will ich ...
oh, es hat geklingelt.
Mal sehen, wer uns so spät noch besucht.

Kurze Spielunterbrechung!

Der Dienstagabend, an dem ich einen geheimen Auftrag bekommen sollte …

Das war Torsten.

Er wollte mir einen geheimen Auftrag geben.

Schmackofatz!, habe ich gedacht und sofort kombiniert:

„Ich soll bestimmt Sabine entführen! Logo!“

Das muss ich erklären:

Jeder Verein hat ein **Maskottchen**.

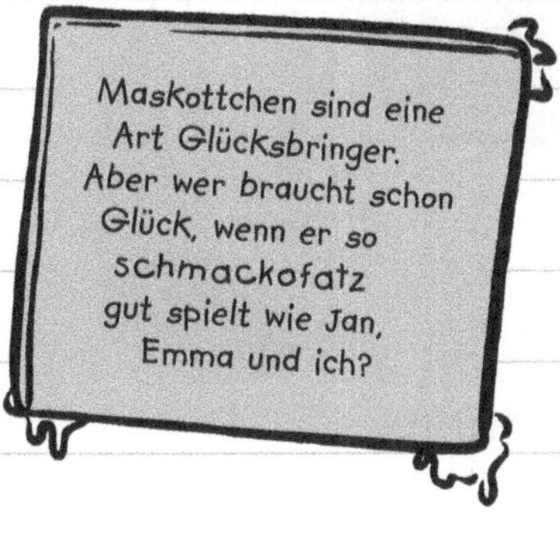

Wir sind die Alenberger Adler.
Deshalb bringt Emma immer
Hugo mit zu den Spielen.
Hugo ist ein Wellensittich.
Also fast ein Adler.

Manchmal habe ich aber das Gefühl,
dass ihm Fußball total
an der Schwanzfeder vorbeigeht.

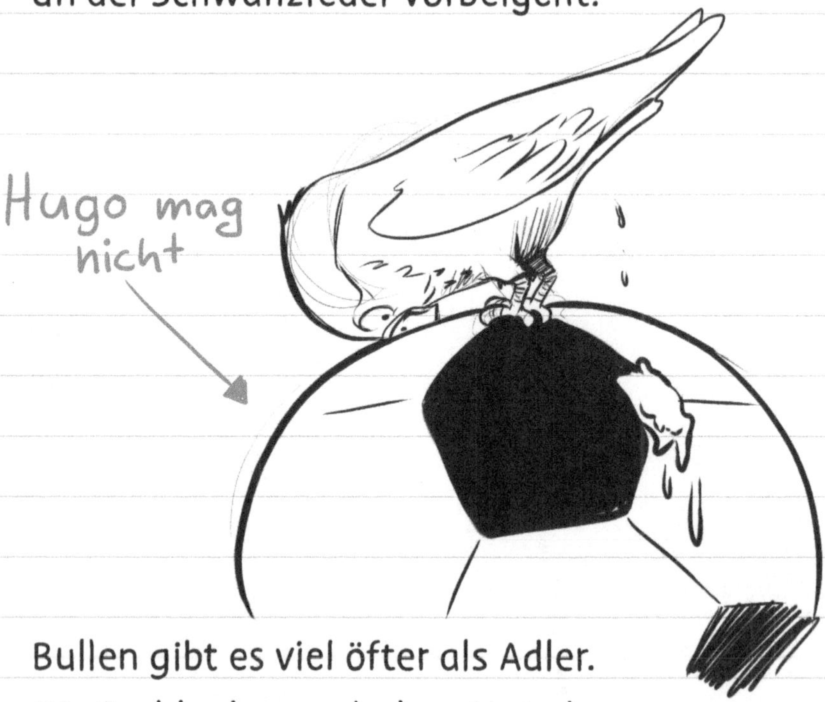

Bullen gibt es viel öfter als Adler.
Die Boddenburger haben trotzdem
nur Sabine aufgetrieben.

Ohne Sabine spielen die Bullen
bestimmt **krass** übel.
Ich habe also gleich einen Plan gemalt,
wie wir Sabine entführen könnten.

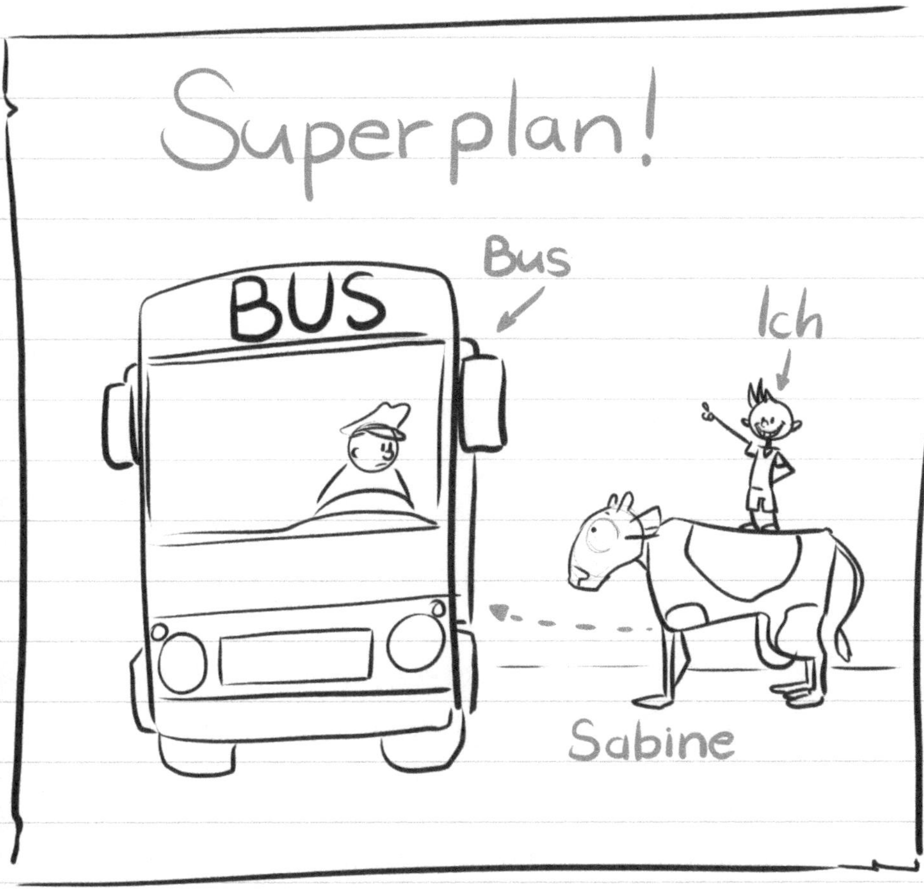

Aber Torsten hat den Kopf geschüttelt.
Das war also nicht der geheime Auftrag.

Da ist mir aufgefallen,
dass Torsten einen Ball dabeihatte.
Und zwar **DEN** Ball,
mit dem wir das letzte Spiel
gewonnen haben.
Er ist schon ziemlich hinüber.
Also der Ball, nicht Torsten.

Torsten hat den Ball trotzdem aufgehoben.
Er ist nämlich total abergläubisch.
Er glaubt echt komische Sachen.
Aber die sind kompletter Käse.
Deshalb heißt es **Aber**glaube.
Glaube ich.

Viele Fußballspieler sind abergläubisch.
Manche betreten das Stadion nur
mit verschiedenen Schuhen.

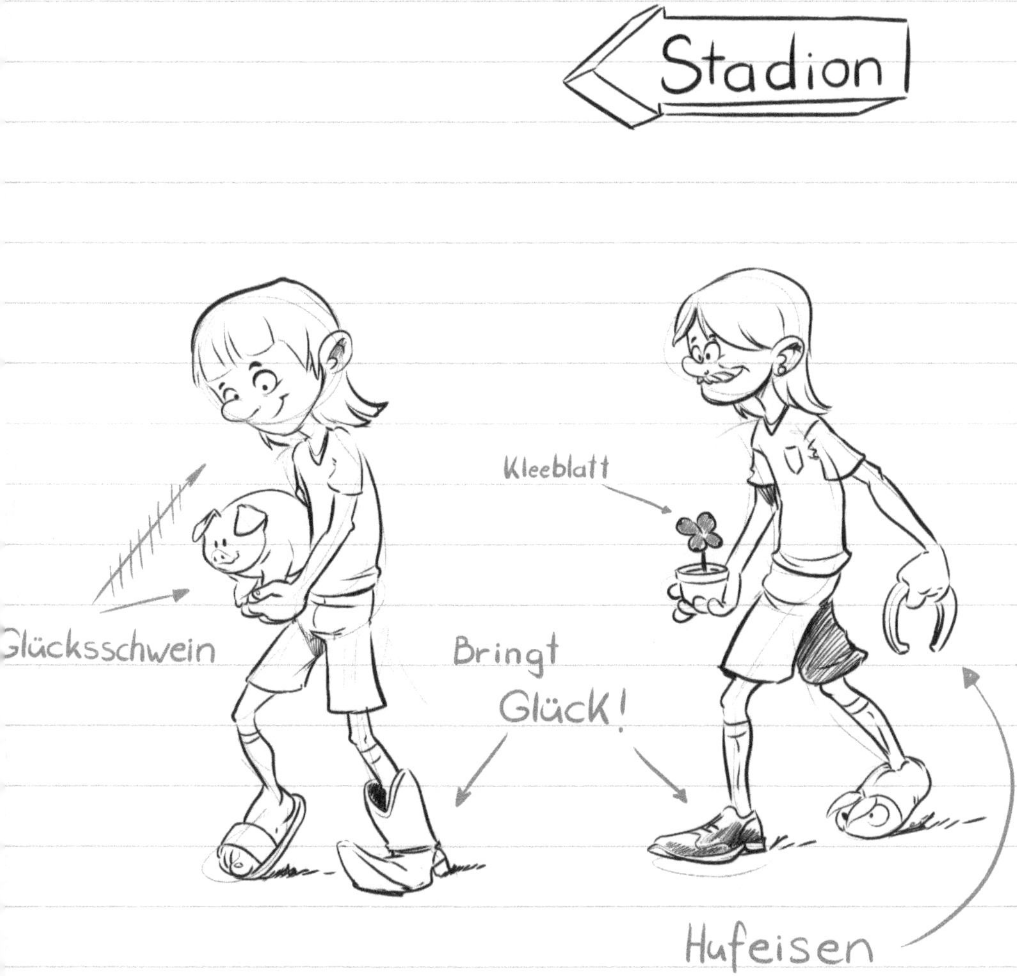

Andere Spieler lassen sich den Bart wachsen, solange sie gewinnen.
Also die deutsche Nationalmannschaft könnte gern mal so aussehen:

Auf jeden Fall war es mir dann klar.
So klar wie ein direkt verwandelter Freistoß:
Torsten glaubte, dass wir mit **DEM** Ball gegen die Bullen gewinnen.

Und das war sein geheimer Auftrag:
Ich sollte auf das Teil aufpassen.
Damit ihm bis zum Spiel nichts passiert.

Ich glaube ja, dass Torstens Gehirn
da total im **Abseits** steht.

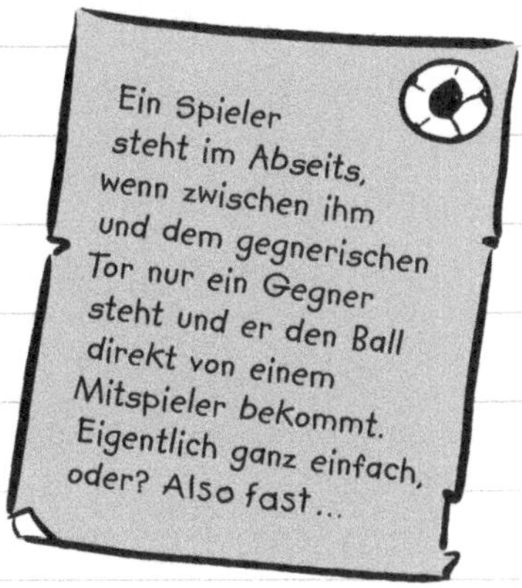

Aber er ist der Trainer.
Und was der Trainer sagt, gilt.

Also wollte ich schon den Ball nehmen.
Aber nach meinem Plan mit Sabine
fand Torsten seine Idee wohl nicht mehr so gut.
Er wollte sich doch einen anderen Auftrag
für mich ausdenken, hat er gesagt.
Das war für mich auch in Ordnung.
Vielleicht war es ja **DIE** Aufgabe überhaupt!

Ich war **schmackofatz** gespannt
wie vor dem Achtmeterschießen
im letzten Turnier.

„Du gehst ab heute jeden Abend früh ins Bett!“, hat Torsten gesagt. „Ich brauche dich am Samstag ausgeschlafen und fit.“

Das war es.

Mehr nicht.

Eine wahnsinnig spannende Aufgabe.

Ungefähr so spannend,
wie der Eckfahne beim Wehen zuzuschauen.

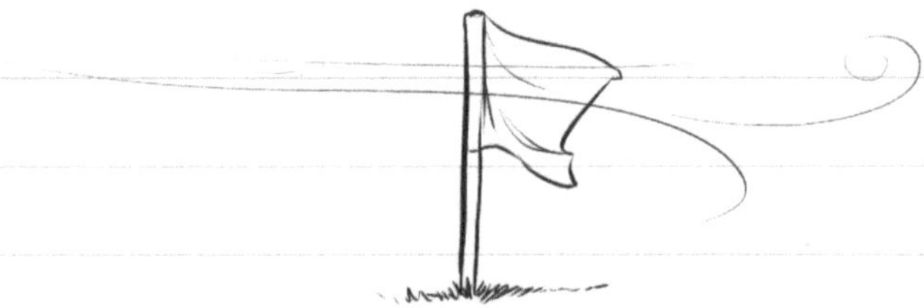

Alter Falter, ist das dumm gelaufen!
Das muss ich morgen Jan und Emma erzählen.
Sie kommen nach der Schule zum Kicken vorbei.
Ich habe einen neuen Ball, den wir einweihen müssen.

~~Brand~~
~~Super~~
Mega neu

Der Mittwoch, an dem ich nur DEN Ball im Kopf hatte …

In der Schule musste ich die ganze Zeit an Torstens Ball denken.

Das lag vor allem an Felix.
Torsten hat IHM nämlich das Teil gegeben.
Ausgerechnet!

Felix ist unser zweiter Tormann.
Er ist nicht einmal halb so gut wie Jan.

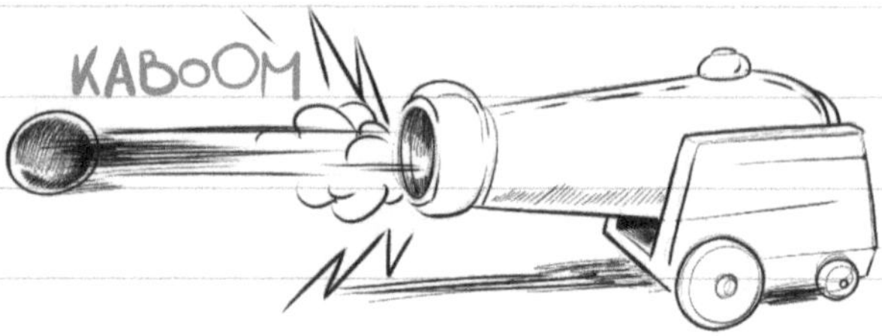

Auf Jan kannst du mit einer Kanone schießen und er wirft sich der Kugel **schmackofatz** in den Weg.

Felix schlottern schon die Knie, wenn man eine Murmel zu ihm rollt.

Auf jeden Fall hatte Felix **DEN** Ball dabei.
Richtig aufgepasst hat er aber nicht.
Ständig hat er den Ball irgendwo hingelegt.
Jeder Depp hätte ihn klauen können.

Jan und Emma fanden das auch
ziemlich bekloppt von Felix.

Die beiden waren gerade bei mir.
Wir haben im Garten neben Hasis Stall gebolzt.

Das ist übrigens Hasi:

Jan stand im Tor. Logo!

Emma und ich haben Doppelpass
und Torschuss geübt.

Da hat Emma noch Lücken.
Sie dribbelt einfach zu gern.

Alter Falter!
Bis zum Spiel gegen die Bullen
muss sie das aber draufhaben!
Sonst können wir gleich in der Kabine bleiben.

Auf jeden Fall konnten Jan und Emma
auch nicht verstehen,
dass Felix auf DEN Ball aufpassen sollte.
Sie glauben, dass Felix die Sache
nicht ernst nimmt.
Damit haben sie vollkommen recht!
Aber das ist nicht mein Problem.
Oder?

Der Donnerstag, an dem ich mich für die Mannschaft opferte …

Heute war ich superpünktlich in der Schule und habe den Eingang überwacht.

Dann ist Felix um die Ecke spaziert. Den wollte ich mir schnappen. Ich habe mir das nämlich

überlegt: Ich musste mit Felix reden. Torsten hat ihm **DEN** Ball gegeben. Also muss Felix besser auf ihn aufpassen. Logo! Oder?

Ich bin losgelaufen und …

Alter Falter,

hat es mich hingesemmelt! Felix hat sich weggeworfen vor Lachen.

Er hat sich den Bauch gehalten und gar nicht mehr eingekriegt.
Echt ein krasses **Foul** von ihm!

„Foul" kommt aus dem Englischen und heißt „schlecht" oder „schmutzig". Zum Beispiel wenn ein Spieler seinen Gegner umsemmelt oder festhält. Alter Falter! Voll die Lusche, wer sich nicht anders zu helfen weiß!

Und **DER** Ball?
Der lag die ganze Zeit auf dem Boden.
Ich wollte gerade etwas dazu sagen,
da hat der Gong die erste Stunde angepfiffen.

Ich habe bis zur großen Pause gewartet.
Aber genau da musste Felix mal!
Alter Falter!
Das musste
dringend sein.
In der Schule
geht man doch
nur im Notfall
aufs Klo.

Das ist schlimmer als jeder **Platzverweis**!

Ich bin Felix trotzdem hinterher.
Für seine Mannschaft muss man eben
Opfer bringen.

Felix ist in die erste Kabine gestürmt,
ohne mich zu bemerken.
Und was hat er mit **DEM** Ball gemacht?
Richtig!

Was da alles hätte passieren können!

Ich habe **DEN** Ball also besser mitgenommen und in meinen Turnbeutel gesteckt.

Den Beutel habe ich unter meinen Stuhl geschoben.
Auf den Stuhl habe ich mich gesetzt.
Obwohl die Stunde noch nicht angefangen hatte.

Felix hat dann nach der Pause echt komisch aus der Unterhose geschaut!

Ich wollte ihm sagen, dass ich **DEN** Ball gerettet habe.
Aber man soll im Unterricht ja nicht schwätzen.
Also habe ich den Mund gehalten.

Gleich ist Training.
Da zeige ich Felix, dass **DER** Ball in Sicherheit ist.
Dann kann er sich immer noch bei mir bedanken.

Der Donnerstagabend, an dem ich das beste Versteck der Welt brauche ...

Beim Training war Felix total schlecht drauf, weil er **DEN** Ball verloren hatte.
„Ich hab nur drei Sekunden nicht hingeguckt“, hat er gesagt.
Voll die krasse **Schwalbe**!

Bei einer Schwalbe tut ein Spieler, als hätte ihn der Gegner gefoult. Dafür will er einen Freistoß haben! Alter Falter, voll unsportlich! Für eine Schwalbe gibt es zu Recht die Gelbe Karte!

Das stimmt doch gar nicht!
Nach drei Sekunden war Felix vielleicht so weit:

Ich habe überlegt, ob ich ihn verbessern soll.
Aber man soll andere ja nicht unterbrechen.
Also ließ ich ihn weiterjammern.

Irgendwann wollte Torsten aber doch
mit dem Training anfangen.

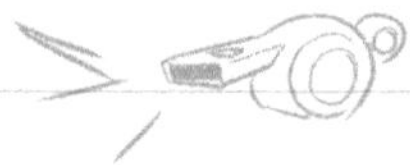

Heute standen Torschüsse auf dem Plan.
Dazu hat Torsten uns
in zwei Mannschaften aufgeteilt.

Jan, Emma und ich
waren zusammen.
Logo!

Torsten ist ins Tor gegangen.
Aber den **goldenen Handschuh**
gewinnt unser Trainer nie im Leben.
Er hat jeden müden Ball reingelassen!

Dann war Emma an der Reihe.
Sie sollte nur schießen.
Aber der Ball hat sofort an ihrem Fuß geklebt.

Sie ist aufs Tor zugerannt.
Dort hat Torsten ihr das Leder abgestaubt.
ZACK!
Schon lagen wir
einen Treffer zurück.

Jetzt war ich dran.
Alles hing von mir ab.
Ich bin zu meiner Tasche geflitzt
und habe **DEN** Ball geholt.

Ich legte ihn auf
den Achtmeterpunkt.
Ich lief an.

Schuss und … **BUMM!**
Die Kugel flatterte im Netz!

„Super, Anton!", hat Torsten gerufen.
Dann hat er **DEN** Ball erkannt.

Ich musste natürlich
erzählen, wie ich ihn
gefunden habe.
Ganz zufällig.
Torsten hat so
glücklich gegrinst
wie nach dem WM-Sieg.

Torsten war echt froh.
Und er wollte jetzt doch,
dass ICH **DEN** Ball bis
Samstag behalte.

Emma und Jan haben gejubelt.
Ich auch.
Nur Felix hat den Mund nicht aufgekriegt.
Ich weiß echt nicht,
warum er so komisch geschaut hat.

Also habe ich ihm gesagt, dass er sich nicht bei mir bedanken muss:
„Keine Ursache, Alter!
In einer Mannschaft ist man füreinander da."
Da hat er noch schräger geschaut.

In die Schule nehme ich **DEN** Ball aber auf keinen Fall mit.
Da laufen nur Verrückte rum!
Ich bringe ihn besser in das beste Versteck der Welt.
Logo!

Der Freitag, an dem ich Alarm schlug …

Alter Falter!

Morgen ist der große Tag.

Adler gegen Bullen!

Deshalb habe ich gerade noch mal

nach **DEM** Ball gesehen.

Ich habe ihn gestern in Hasis Stall gelegt.

Ganz hinten rein.

Damit ihn wirklich niemand findet.

Das schmackofatz beste Versteck der Welt!

Also fast.

Hasi hat **DEN** Ball nämlich gefunden.

Und das mit **IHM** angestellt:

Ich habe sofort Jan und Emma angerufen:
„Alarm! **DER** Ball ist futsch!"

Die beiden haben verstanden,
dass ich echt ein **krasses** Problem habe.
Und sie kommen gleich zu mir.
Logo!

Ich gehe jetzt in den Garten und
kicke mit meinem neuen Ball.
Sonst halte ich es nicht aus,
bis Jan und Emma da sind.

Die Freitagnacht, in der ich kein Auge zubekomme ...

Alter Falter!

Es ist schon halb zwölf,

aber ich bin noch wach.

So aufgeregt bin ich!

Eigentlich müsste ich **krass** müde sein.

Warum?

Also:

Jan und Emma waren den ganzen Nachmittag da.

Wir haben uns neben Hasis Stall gehockt

und nachgedacht.

Das viele Hocken und Denken

hat Emma total hibbelig gemacht.

Lange hat sie es nicht ausgehalten.

Sie hat sich meinen Ball gekrallt

und ist losgedribbelt.

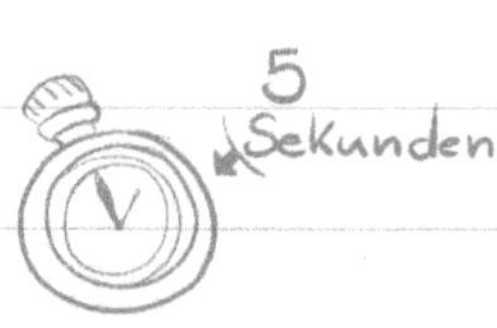

Logo!

Das macht sie ja immer.

Ihre Schuhe sind schon richtig abgewetzt.
Obwohl sie aus Leder sind. Wie ein Ball ...

Alter Falter! Da hatte ich **DIE** Idee.
Ich bin aufgesprungen und
habe meinen Ball verlangt.

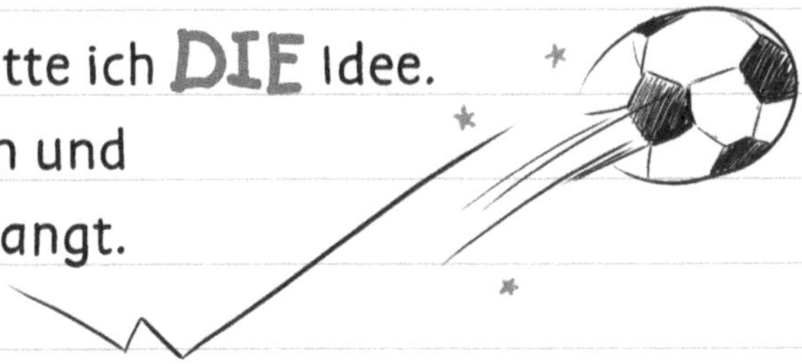

Emma hat ihn zu mir gepasst.
Sofort ist Jan ins Tor gerannt.
Ich habe **schmackofatz** hart geschossen.
Jan hat mit den Fäusten abgewehrt.

Der Ball war wieder bei Emma.
Sie drehte drei Runden mit ihm
um Mamas Gemüsebeet und
kickte ihn dann zu mir.

Alter Falter, hatte der Ball sich verändert!
Aber noch nicht genug.

Ich zog wieder ab.

Parade von Jan.

Solo von Emma.

Schuss von mir.

Immer und immer wieder und wieder.

Bis es dunkel wurde.

Und bis der Ball so aussah:

Ob Torsten den Unterschied erkennen wird?

Hoffentlich nicht!

Sonst setzt er mich wahrscheinlich

für den Rest meines Lebens auf die Bank!

Der Samstag, an dem sich alles entschied ...

Alter Falter, war das aufregend!
Ich bin immer noch fertig.
Am besten erzähle ich
der Reihe nach,
was passiert ist:

Heute Morgen habe ich
erst mal keinen Bissen
runterbekommen.
Auf dem Weg zum Sportplatz
war es noch schlimmer.
In meinem Magen
ging es auf und ab.
Eine Achterbahn war
nichts dagegen!

Zum Glück sind
Jan und Emma
bei uns mitgefahren.
Ihnen ging es genauso.
Das hat mich irgendwie beruhigt.

Die Ruhe war aber schnell wieder weg.
Torsten hat nämlich vor der Umkleide
auf uns gewartet.

Und wollte natürlich **DEN** Ball haben.
Mit angehaltenem Atem habe ich ihm
den falschen Ball gegeben.
Ich habe mit dem Schlimmsten gerechnet.

Aber Torsten hat nicht mal hingeschaut!
Er ist einfach in die Kabine gestürmt.
Mit dem Ball unterm Arm.
Jan, Emma und ich hinterher.
Logo!

„Der Ball der Gewinner", hat Torsten getönt.
Dabei hat er den Ball hochgehalten.
Die anderen haben ganz feierlich geschaut.

Vor allem Felix.
Er hat wohl nicht damit gerechnet,
dass ich so schmackofatz gut
auf den Ball aufpasse.

„Jetzt legen alle eine
Hand auf **DEN** Ball",
hat Torsten verlangt.

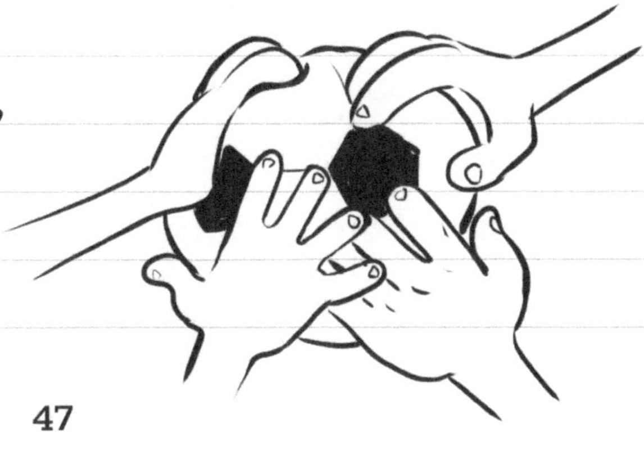

Das gab ein ziemliches Gedränge.
Dann haben wir es aber geschafft.
Und da konnte ich endlich ausatmen.
Krass!
Es hat wirklich niemand bemerkt,
dass es der falsche Ball war!

Die anderen haben geschaut,
als dürften sie die Meisterschale anfassen.

Die haben echt geglaubt,
dass uns **DER** Ball gegen die Bullen hilft!

Für Jan, Emma und
mich war das Käse.
Logo!
Aber wir wussten, dass wir gut vorbereitet waren.
Wir hatten gestern krass hart trainiert.
Da mussten wir heute eine Chance haben!

Dann sind wir auf den Platz gelaufen.
Wir Adler hatten Anstoß.

Der Ball lief von Anfang an gut bei uns.
Aber die Bullen standen hinten wie eine Wand.

Da war kein Durchkommen!

„Emma!“, rief ich.
Sie musste sich freilaufen.

Ich schickte sie mit einem weiten Pass nach vorn.

Sofort rückte ich nach.
Kaum hatte ich aufgeschlossen,
schob sie mir den Ball wieder zu.
Das klappte blind.
Wie gestern bei mir im Garten!
Schmackofatz-perfekt!

Mit einem **Hackentrick** ließ ich
gleich zwei Gegner aussteigen.
Emma stand jetzt frei vor dem Tor.
Ich kickte ihr den Ball zu.
„Schieb den Ball ins lange Eck!“,
rief ich.

Krasser Trick, um einen Gegner auszuspielen. Manchmal sind aber auch die eigenen Leute überrascht. Dann geht der Schuss nach hinten los …

Aber zu spät!
Emmas Schuss landete direkt
in den Armen des Torwarts.

Die Bullen starteten
den Gegenangriff.
Sie warfen alles nach
vorn, was sie hatten.

Alter Falter!
Die setzten uns echt unter Druck!
Ich musste hinten bleiben
und fehlte im Mittelfeld.

Zur Pause stand es 0 : 0.

„Ihr spielt super!“, hat Torsten uns aufgemuntert.

Er war echt zufrieden mit uns.

Aber Jan und Emma wollten mehr.

Genau wie ich.

Wir wollten die Bullen besiegen!

Logo!

Aber die Bullen spielten in der zweiten Halbzeit sofort weiter nach vorne.

Dazu wechselten sie einen neuen Stürmer ein.

KONRAD!

Emma war besser mit dem Ball als er.
Logo!
Ihr kann so schnell keiner was vormachen.

Aber Konrad war **krass** schnell!
Die anderen kamen kaum hinterher!
Wieder musste ich hinten aufpassen,
damit wir uns keinen Treffer einfingen.

Aber ich konnte ja nicht überall sein.
Und auf einmal stand Konrad allein vor Jan.

Konrad setzte zum Spurt an.
An unserem Achtmeterpunkt vorbei.
Er machte noch drei Schritte.
Er holte aus …

… und **BUMM!**
So einen Bomben-Schuss
konnte nicht mal Jan
halten! Oder?

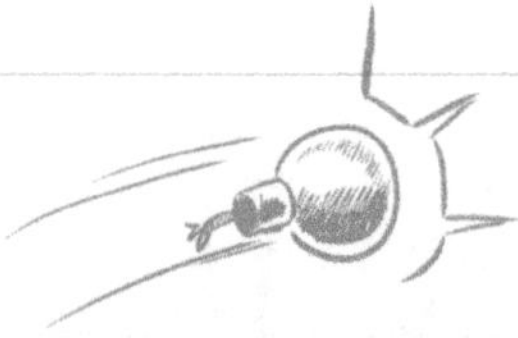

Der Ball flog aufs Tor zu.
Jan sprang hoch.
Er machte sich lang.
Und hielt!
Was für eine **krasse** Parade!

Unsere Fans haben gejubelt!
Und vor lauter Freude das Verbot
von Torsten total vergessen.

Sie haben gesungen:

„So Bullen wie diese
pinkeln gern auf die
Wiese!
So Bullen wie diese
pinkeln gern auf die
Wie-hie-se!“

Die Bullen haben geschnaubt wie ...
na ja, wie Bullen eben.

Sie wollten Konrad wieder anspielen,
damit er es noch mal versuchte.
Es war nur eine Minute bis zum Schlusspfiff.

Ich rannte so schnell wie noch nie.
Und konnte den Ball abfangen.

„Angriff!“, rief Jan mir
vom Tor aus zu.
„Emma steht frei,
Anton. Looooos!“

Das hatte ich auch gesehen.
Aber die Bullen rechneten mit einem Pass zu ihr!
Logo!
Vier Spieler machten sich schon auf den Weg.
Sie wollten Emma in die Zange nehmen,
sobald sie den Ball hatte.

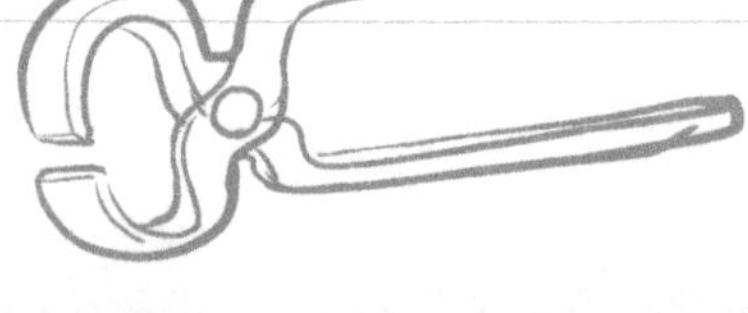

Dafür hatte ich jetzt freie Bahn!
Ich lief los.
Über die Mittellinie.
Durch die gegnerische Hälfte.
Immer weiter.

Wenn man seinem Gegenspieler den Ball zwischen den Beinen durchschiebt, tunnelt man ihn. Mit einem solchen Trick lässt man den anderen echt alt aussehen!

Jetzt bemerkten die Bullen, was abging.
Sie griffen mich an.
Ich **tunnelte** einen Abwehrspieler.

Beim zweiten Spieler täuschte ich rechts an und lief links an ihm vorbei.

Ich war allein vor dem Tor.
Sofort kam der Torwart raus.
Er stürmte auf mich zu.

Ich wartete den richtigen Moment ab und …
zog **megakrass** ab!

Der Torwart riss
die Arme hoch.
Der Ball segelte
knapp an seinen
Fingern vorbei.
Da hätte kein
Fußball-Sticker mehr
zwischengepasst!

Der Ball rauschte aufs Tor zu und …

… **BUMM!**

Ich hatte ihn unter die Latte genagelt!

„Tor! Tor! Tor!“, brüllte ich.

Der Ball fiel auf den

Boden und …

In dem Moment pfiff der **Schiri** ab.

1 : 0 für uns!

Wir hatten gegen

die Bullen gewonnen!

Alter Falter!
Wir haben **krass** gejubelt!
Logo!
Und unsere Fans
natürlich auch!
Alle kamen und
haben mich umringt.

Torsten war so glücklich,
dass er uns Pommes spendiert hat.
Und später gab es sogar einen Autokorso.

Wie bei der WM!
Also fast.
Eigentlich haben nur Jan, Emma und ich
in unserem Auto auf die Hupe gedrückt.

Aber egal.
Ich bin so froh!
Auch, weil der blöde Ball kaputt ist.
Keine Gefahr also,
dass ich noch mal auf ihn aufpassen …

… oh, Papa ruft.
Torsten ist da.
Will der mit mir
weiterfeiern?

Schmackofatz gut!
Ich bin dabei!

Kurze Spielunterbrechung!

Der Samstagabend, an dem ich ersticke! Also fast ...

Alter Falter!

Da habe ich mich getäuscht!

Torsten wollte nicht feiern. Er hat nur die schmutzigen Trikots gebracht. Unsere Eltern wechseln sich beim Waschen immer ab.

Ich wollte die müffelnden Teile gleich ins Bad tragen. Da hat Torsten ganz komisch geschaut.

Krass!

Er ist noch abergläubischer als vor dem Spiel!

Er glaubt, dass wir einen Ersatz
für **DEN** Ball brauchen!
Als Glücksbringer für das nächste Spiel.
Da geht es gegen die Elefanten.

Weil ich die Sache mit
DEM Ball geschaukelt habe,
soll ich jetzt auch **DIE**
Siegertrikots aufbewahren.
Ungewaschen!
Nur so bringen sie Glück.
Denkt Torsten.

Tja, ein astreines **Eigentor**, würde ich sagen.

Alter Falter!

In meinem Zimmer stinkt es schlimmer

als in der Umkleide!

Wie soll ich sieben Tage in dem Mief überleben?

Der Sonntag, an dem ich meine Nase rettete ...

Heute Nacht habe
ich wieder kein Auge
zugemacht.
Ich konnte also viel
nachdenken.

Da ist mir ein ganzes Flutlicht aufgegangen:
Beim Ball hat niemand bemerkt,
dass Jan, Emma und ich geschummelt haben.
Das geht bei den Trikots doch auch!

Nach dem Frühstück habe ich die Stinketeile
gleich in die Waschmaschine gestopft.
Die macht sie jetzt **schmackofatz** sauber.
Und den Rest der Woche riecht es bei mir
herrlich nach frischer Wäsche.

Das darf am Samstag aber niemand wissen.
Logo!

Wie ich das hinbekomme?
Am Freitag kommen Jan und Emma
wieder zum
Kicken zu mir.
Da ziehen wir
einfach ALLE
Hemden
und ALLE
Hosen
übereinander an!
Und schwitzen
sie voll.

ZACK!

Dann stinken sie wieder wie vorher!
Und wir putzen die Elefanten weg.
Weil alle an die Glückstrikots glauben.
Genial!
Oder?

Der Sonntag, an dem ich ein krasses Problem habe …

Die Trikots sind sauber.
Und duften echt herrlich.
Eigentlich sollte ich sie
nach dem Waschen aufhängen.

Alter Falter!
Heute habe ich aber schon so viel gemacht:
Ich bin aufgestanden.

Ich habe mich
angezogen.

Ich habe einen
Comic gelesen.

Ich habe
WÄSCHE
gewaschen!

Die Arbeit mit dem Aufhängen
wollte ich mir also sparen.
Ich habe die Trikots in den Trockner geworfen.

Zwei Stunden später habe ich sie rausgeholt …
… und wäre vor Schreck fast umgefallen!

So können wir nicht gegen die Elefanten antreten.

ALARM!

Ich brauche schnell einen Plan …

Der Donnerstag, an dem wir alles unter Kontrolle hatten. Also fast ...

Alter Falter!
Heute haben wir unsere neuen **Trikots** bekommen.

Die alten sind ja irgendwie in Mamas Waschmaschine geschrumpft.

Von ganz allein.
Also fast.

Unser Trainer Torsten muss sich noch
an die neuen Trikots gewöhnen.
Die alten waren für ihn eine Art Glücksbringer.
Torsten ist nämlich krass abergläubisch.
Aber das wird schon.
Glaube ich.

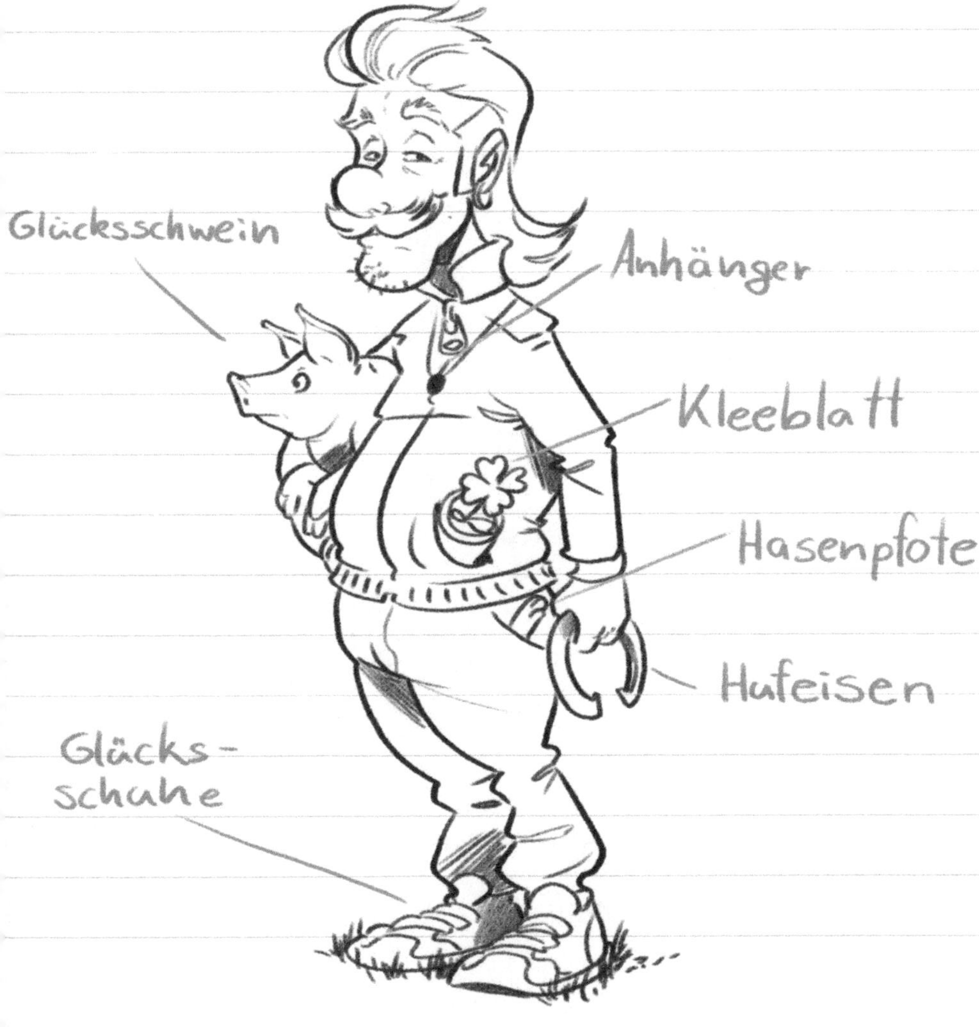

Die neuen Trikots sehen aber eigentlich
sogar besser aus als die alten.
Das muss auch Torsten zugeben.

Das bin ich in so einem Schmackofatz-Teil:

Anton Herz, Top-Spieler der Alenberger Adler
und zukünftiger Weltmeister.

Beim Training haben Jan, Emma und ich
heute wieder alles gegeben.
Logo!
Wir sind die besten Spieler der Mannschaft.
Auf uns kann sich Torsten verlassen.

Jan fischt jeden Ball aus der Luft,
der auf sein Tor zufliegt.

Emma dribbelt sogar
einen Wirbelsturm schwindelig.

Ich gebe im
Mittelfeld den
Ton an.

Zum
Aufwärmen
haben wir zwei
Mannschaften
gebildet.

Jan, Emma und ich waren in einem **Team**.

Torsten hat zehn Reifen auf dem Feld verteilt.
In die sollten wir den Ball spielen und ihn dort mit der Fußsohle stoppen.
Das sollte das andere Team verhindern.
Logo!

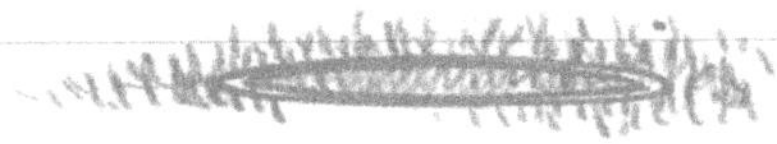

„Team" kommt aus dem Englischen und wird „Tiiim" ausgesprochen. Aber eigentlich heißt es einfach nur „Mannschaft".

Jan, Emma und ich haben uns den Ball aber schmackofatz schnell zugepasst.

Die anderen wussten gar nicht, wohin sie schauen sollten!
Sie haben sich krass die Hälse verdreht.
Alter Falter!

Die haben ausgesehen wie Eulen im Zoo.

Dann ist Jan in einen Reifen gehüpft und ich habe ihn angespielt.
Jan hat den Ball gestoppt.
Punkt für uns – und Wechsel.

Jetzt mussten wir die Reifen verteidigen.
Wir hatten alles unter Kontrolle.
Also fast.

Nach dem Training hat Torsten
eine Ansprache in der Umkleide gehalten.
Wir sind in dieser **Saison** bisher ungeschlagen.
Und das soll auch so bleiben!
Deshalb müssen wir am Samstag das Spiel
gegen die Ebeldorfer Elefanten gewinnen!

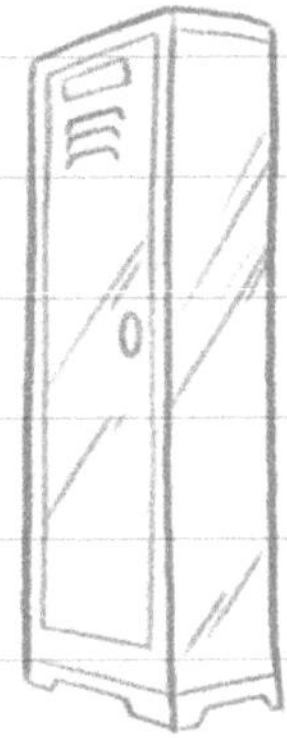

„Saison" ist französisch und wird „Sääsoo" ausgesprochen. Das klingt echt besser als „Spielzeit". So heißt das nämlich auf Deutsch.

Aber das wird schon.
Logo!

Der Samstag, an dem die Adler den Abflug machten …

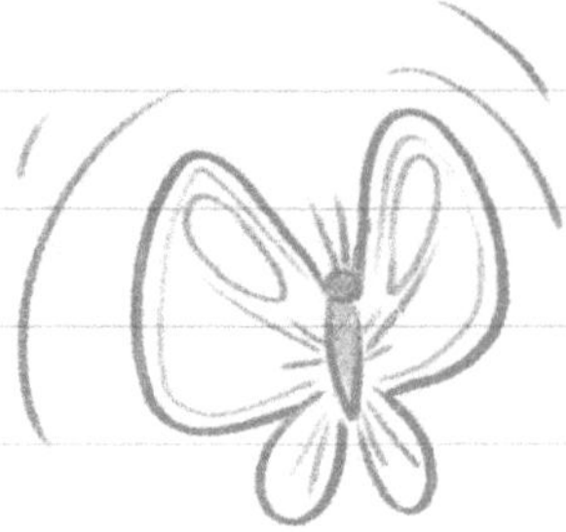

Alter Falter!

Das **Match** ist vorbei!

Adler gegen Elefanten.

Ich muss gleich meinen Spielbericht schreiben.

Emma hat wie immer Hugo mitgebracht.

Ohne unser Maskottchen geht gar nichts.

Hugo ist nämlich auch ein Adler.

Also fast.

Echte Adler sind aber krass schwer zu finden.
Elefanten bestimmt auch.
Deshalb bringen die Ebeldorfer immer einen Esel mit.
Der hat wenigstens die gleiche Farbe.

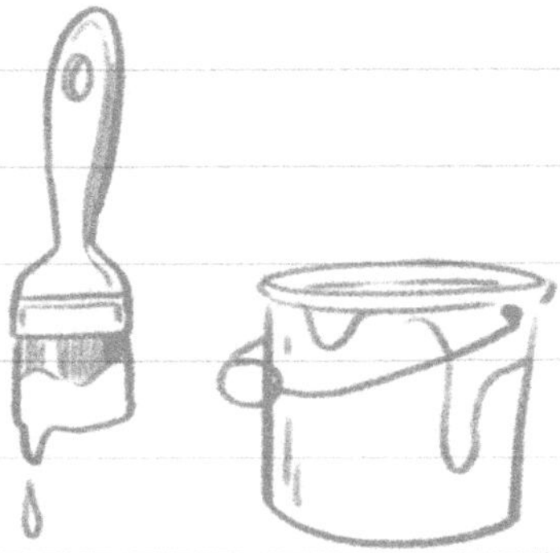

Heute haben sie dem Esel einen Rüssel umgebunden.
Das war ein graues Rohr aus dem Baumarkt.
Dann hat der Esel „I-A" gemacht und der Rüssel ist abgefallen.

Unsere Fans haben laut gelacht!
Logo!

Gesungen haben sie auch.
Das machen sie **schmackofatz** gerne.
Heute war „So sehen Sieger aus" dran.

Aber so hörte sich das bei unseren Fans an:

Dabei haben sie auf die Ebeldorfer gezeigt.
Die haben sich krass darüber aufgeregt.

Dann pfiff der Schiri endlich an.
Die Elefanten starteten stark ins Spiel.
Sie rannten los wie eine Herde wilder …
… na ja, Elefanten eben.

Aber Jan war wieder mal weltklasse im Tor!

Er hielt jeden Schuss.

Schmackofatz gut!

Dann bekam ich den Ball und

wir schalteten auf Angriff um.

Emma lief sich frei.

Ich schickte sie mit einem perfekten Pass nach vorn.

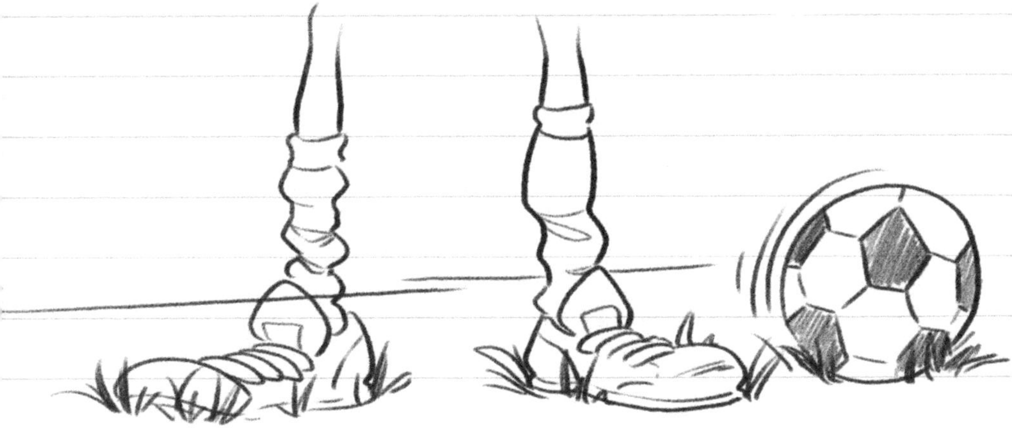

Emma dribbelte die Abwehr aus und
tunnelte den Torwart.
Schon stand es 1:0 für uns!

Zur Pause führten wir mit 3:0.
Am Ende hieß es sogar 5:0 für die Adler!
Alter Falter!

Jan, Emma und ich haben
den Sieg mit einer
Sektdusche gefeiert.
Also fast.

Sekt war natürlich keiner da.
Deshalb haben wir Limo genommen.
Dann kam ein Haufen Wespen.
Da haben wir besser aufgehört.

Ein bisschen traurig waren wir aber auch.
Das war nämlich das letzte Spiel
für krasse **VIER WOCHEN!**

Nicht mal trainieren können wir in dieser Zeit.
Das liegt am Rasen, sagt Torsten.
Der ist total hinüber.
Also der Rasen. Nicht Torsten.

Wir bekommen einen neuen Rasen.
Der muss aber erst festwachsen,
bevor wir wieder darauf spielen dürfen.

Abflug für die Adler!
Vier Wochen ohne Fußball!
Krass!

Wie sollen wir das überleben?
Jan, Emma und ich treffen uns
auf jeden Fall bei mir und ...
oh, Torsten ruft!

Mal sehen, was er will.
Bin gleich wieder da.

KURZE SPIELPAUSE.

Immer noch der Samstag, an dem es eine Überraschung gab …

Alter Falter!
Wir können doch trainieren!
Schmackofatz gut!

Torsten hat nur nicht verraten,
WO wir trainieren werden.
Weil ich aber nicht nur auf dem Feld der Beste bin,
hatte ich gleich eine Idee:
„Logo! Auf dem Acker hinter der Kirche!“

Dort haben wir früher oft gekickt.
Der Acker ist aber eigentlich echt übel.
Wenn du den Ball nach vorne schießt,
kommt er dir gleich wieder entgegengerollt.

„Nein, Anton“, hat Torsten gesagt.

„Wir treffen uns morgen um acht Uhr
am Busbahnhof.“

Ich habe heimlich zu Jan geschielt.
Der wurde so grün im Gesicht wie unser kaputter Rasen.
Jan findet es zum Kotzen, mit dem Bus zu fahren.
Also so richtig.

Aber zusammen schaffen wir das.

Logo!

Unsere Eltern haben fast genauso komisch geschaut wie Jan. Acht Uhr. Am Sonntag! Diese Schnarchnasen wollen sonntags ja immer ausschlafen.

Alter Falter!

Es geht um Fußball!

Wie kann man da überhaupt an Schlafen denken?

Manchmal haben Eltern echt nicht mehr alle Stollen am Schuh.

Der Sonntag, an dem wir alle mal mussten ...

Heute Morgen war ich krass aufgeregt.
Torsten wollte immer noch nicht verraten,
wohin es gehen sollte.
Na, Hauptsache, der Busfahrer wusste es.

Der Bus war der Oberhammer!
Ein schmackofatz Luxus-Teil mit Fernseher.
Und Klo.
Darüber hat sich Jan besonders gefreut.

Jan ist echt der weltbeste Torwart.
Er hält jeden Ball.
Aber sein Frühstück konnte er nicht bei sich behalten.
Irgendwann spurtete er krass schnell aufs Klo.

Das Klo wollte danach keiner mehr benutzen.
Deshalb waren alle froh, als wir endlich da waren.
Wo auch immer.
Das war uns in dem Moment egal.

Wir Adler sind aus dem Bus gesprungen
und hinter die Büsche gerannt,
die am Rand des Parkplatzes standen.

Alter Falter!
Das hat krass gerauscht!

Ich habe dann mal hochgeschaut.
Und vor Schreck fast Felix
neben mir angepinkelt!

Jetzt war klar, wo wir trainieren sollten:
im Stadion eines echten Profi-Vereins!

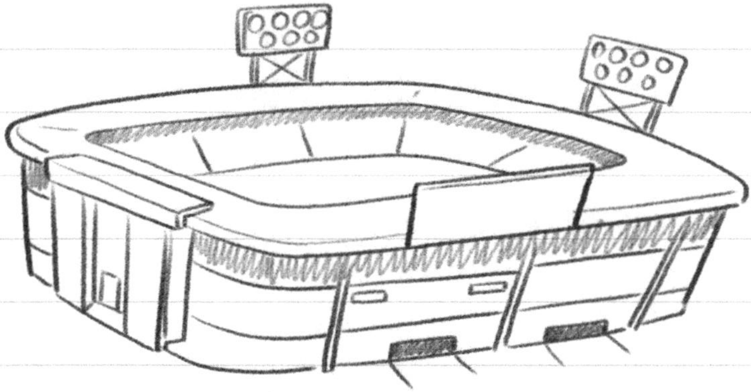

Wir durften sogar den Eingang für die Spieler benutzen!
Am liebsten wären wir gleich aufs Feld gelaufen.
Logo!
Aber erst hat uns jemand vom Verein herumgeführt.

Er hat uns den **VIP**-Bereich gezeigt.

Da ist es schmackofatz gemütlich.
Dann ging es in die **Katakomben.**
Dazu gehört alles, was unter den Tribünen liegt.
Dort haben wir uns die Mannschaftskabine
mit den Spinden der Spieler angeschaut.

Jetzt geht es gleich los!
Anpfiff!

„Katakombe" kommt aus dem Lateinischen und klingt irgendwie besser als „Gruft".

Der Sonntagnachmittag, an dem wir groß aufgelaufen sind. Also fast ...

Alter Falter!

Um aufs Feld zu kommen,
mussten wir uns am Spieleraufgang aufstellen.
Wie vor einem echten Bundesliga-Spiel.
Draußen haben zehntausend Leute geklatscht!
Also fast.

Eigentlich war es
nur Emma,
die mit ihren
Stollen-Schuhen
herumgehüpft ist.
Das klang echt wie Applaus!

Dann konnten wir endlich mit den Profis trainieren.
Zumindest hat es von Weitem so ausgesehen.
Es war aber nur die **D-Jugend** des Vereins.

Doch die Jungs sind krass gut!
Und leider krass eingebildet.

Zuerst lief alles super.
Irgendwann hat Torsten aber Jan ausgewechselt
und Felix ins Tor gestellt.

Felix ist unser zweiter Torwart.
Er hat gleich den ersten Ball reingelassen.
Dabei war der Schuss echt lahm!
Den hätte sogar meine Oma gehalten.
Während sie Kaffee trinkt und Kuchen isst!

Die anderen Jungs haben voll gelacht.
Am lautesten hat Damian gelacht.
Er ist der **Kapitän** der D-Jugend.
Echt ein übles Foul von ihm!

Jan, Emma und ich wollten beweisen,
dass wir Adler es krass draufhaben.
Deshalb haben wir bei der Übung
zum Doppelpass alles gegeben.
Also fast alles.

Weit kamen wir nämlich nicht.

Emma stand am blauen Hütchen, ich am roten.

Emma kickte den Ball zu mir.

Ich schob ihn ihr direkt in den Laufweg.

Emma musste nur schießen.

ZACK – und Tor!

> Kapitän hat hier nichts mit Schifffahrt zu tun! Der Fußball-Kapitän ist der Mannschaftsführer. Er schaut, dass alles läuft. Logo, wer bei den Adlern der Kapitän ist, oder?

Aber nein:

Der Ball hing an ihrem Schuh

wie festgetackert!

Sie dribbelte um mein

rotes Hütchen herum.

Dann um mich.

Dann um alle anderen.

So lange, bis Torsten ihr den Ball abgenommen hat.

Damian und die anderen lagen am Boden vor Lachen.
Da sind mir echt die Schienbeinschoner hochgerutscht!
„Euch schlagen wir locker!“, habe ich gesagt. „Mit verbundenen Augen und Popelfinger in der Nase!“

Das wollten die Jungs nicht auf sich sitzen lassen.

Logo!

Sie haben uns zu einem Match herausgefordert.

Aber es war schon zu spät.

Also haben wir ein Match
für nächsten Sonntag ausgemacht.
Da zeigen wir den Angebern,
wo der Fußballschuh hängt!

Oh, ich muss mich beeilen.
Die anderen sind schon im Bus …

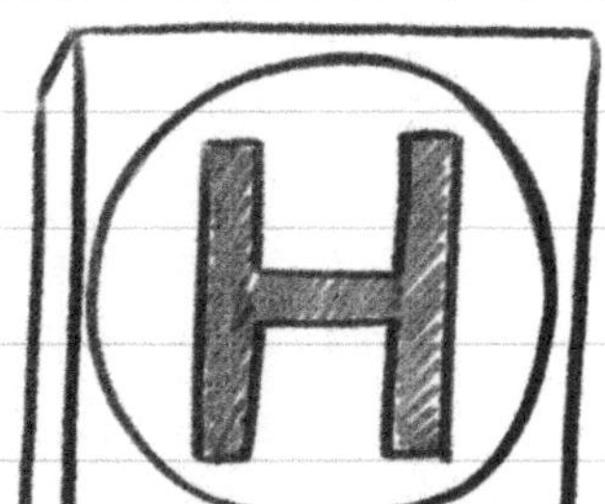

Der Sonntagabend, an dem ich DIE Idee hatte …

Auf dem Weg zum Bus habe ich noch schnell einen Blick in die Duschen geworfen.
Die sind echt der Witz!
Es kommt kaum Wasser raus!

Ich habe dann einen Raum gefunden,
in dem krass viele Rohre und Ventile waren.
Die habe ich voll aufgedreht.

Alter Falter!
In den Rohren hat es lauter gerauscht
als alle Adler beim Pinkeln zusammen!

Die Duschen haben trotzdem nur getröpfelt.
Echt komisch.
Irgendwas stimmt da nicht.
Aber das ist nicht mein Problem.

Ich habe Wichtigeres im Kopf:
das Match nächste Woche!
Darauf müssen wir uns krass gut vorbereiten.

Ich habe auch schon **DIE** Idee,
wo wir üben können!
Wir treffen uns doch auf dem Acker hinter der Kirche.
Wir müssen nur auf das Geheim-Loch aufpassen.

Das Geheim-Loch ist so tief,
dass man weg ist, wenn man reintritt.
Echt jetzt!

Das Dumme ist, dass man es
krass schlecht sieht.
Das Gras steht so hoch, dass es das Loch verdeckt.

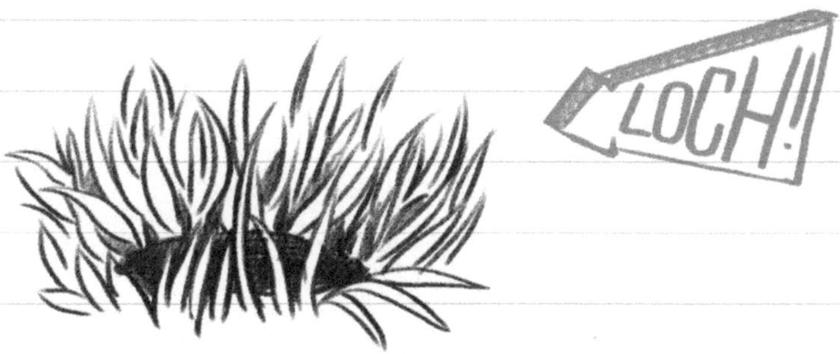

Aber wir kennen jeden Meter des Ackers.
Es kann also nichts passieren.

Als ich den anderen das vorgeschlagen habe,
waren sie sofort einverstanden.
Die ganze Mannschaft kommt!
Also fast.

Eigentlich nur Jan und Emma.
Und Felix.
Und Finn, Luis und David.

Der Rest der Adler meint,
dass wir gegen so gute Kicker
sowieso untergehen werden.

Aber damit liegen sie so daneben
wie Felix beim letzten EM-Tipp.
Logo!

Der Montag, an dem ich den Sieg plante …

Alter Falter!
Die Schule war heute echt übel.
Ich wollte einen Trainingsplan
für die Acker-Adler aufstellen.

Aber unser Lehrer hat die ganze Zeit
über Plus und Minus geredet.
Krass laut.
Wie soll man sich da konzentrieren?

Ich war **schmackofatz** froh, als es vorbei war.
Zu Hause habe ich mich weiter
um den Plan gekümmert.
So sieht er jetzt aus:

Die anderen werden ausflippen vor Freude!
Ich düse gleich los und ...
oh, Telefon!
Ich gehe noch schnell ran.

Immer noch der Montag, an dem mein Plan ins Wasser fiel …

Das war Torsten.

Er hat das Training nächste Woche abgesagt.

Der Ausflug ins Stadion wurde gestrichen!

„Warum das denn?“, habe ich gefragt.

„Haben die Angeber die Shorts voll?“

Torsten hat aber nur gesagt,
dass es im Stadion einen Unfall gab.
Irgendein Depp hat die Bewässerung
für den Rasen voll aufgedreht und
die ganze Nacht laufen lassen!
Jetzt kann man auf dem Feld Wasserball spielen.
Aber keinen Fußball.

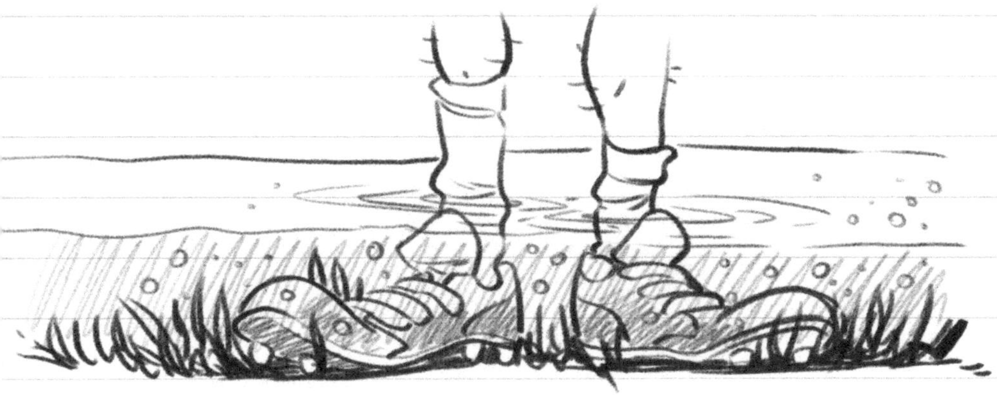

Unser Match gegen die Angeber ist …
na ja, ins Wasser gefallen.

Das muss ich gleich Jan und Emma erzählen.

Alter Falter!

Wir hätten es Damian und seiner Truppe so gern gezeigt!

Die glauben, sie sind was Besseres, nur weil sie ein tolles Stadion haben. Aber darum geht es beim Fußball nicht. Man muss einfach nur spielen können. Egal, wo.

Torsten hört sich jetzt um,
wo wir trainieren können.
Bis dahin kicken wir auf dem Acker.

Der Montagnachmittag, an dem wir herausgefordert wurden ...

Alter Falter!

Das Training auf dem Acker hat **krass** Spaß gemacht.

Bis Damian und seine Angeber aufgetaucht sind ...

Aber am besten erzähle ich der Reihe nach.

Jan und Emma sind fast aus den Turnschuhen gekippt, als ich ihnen von Torstens Anruf erzählt habe.
Aber sie wollten trotzdem kicken.
Logo!

„Drei gegen vier“, habe ich gesagt.
„Jan, Emma und ich spielen
mit **fliegendem Torwart**.“

Tore hatten wir natürlich nicht.

Also haben wir zwei Rucksäcke hingelegt.
Das waren die Pfosten.
Eine Latte gab es nicht.

Eckstöße gab es auch keine.
Dafür hatten wir eine andere Regel:
drei Ecken = Elfmeter

Die Regel war dann echt Pech für uns!
Emma hat sich nämlich wieder
den Schuh heiß gedribbelt.

Dabei haben Finn und David sie krass
abgedrängt.
Sie ist dreimal hintereinander ins eigene Tor-Aus
gelaufen!

Elfmeter für die anderen!
Felix ist angelaufen, zog ab und ...
Parade von Jan.
Logo!

In dem Moment hörten wir Beifall.
Damian und seine Leute!
Die sind nach Alenberg
gekommen, um uns
beim Spielen
zu beobachten!

„Gut gehalten“, sagte Damian zu Jan.
Jan wollte sich schon bedanken,
aber Damian hat weitergeredet:
„Das war aber auch ein übel schlechter Schuss.“

Alter Falter!
Der meinte wohl, dass **ER** Jan ein Tor nach dem anderen einschenken könnte!

Meine Pässe würde er auch locker abfangen, hat er gesagt. Und dann:
„Euch Adlern hätten wir in unserem Stadion die Federn gerupft!"

Ihr blödes Stadion können die sich
in die Unterhose stecken!
Solche Angeber schlagen wir jederzeit.
Logo!

Und genau das machen wir morgen:
Wir treten gegen sie an.
Auf unserem Acker!
Damit endlich klar ist,
wer wirklich **krass** gut Fußball spielt!

Der Dienstag, an dem es nur um Fußball ging …

In der Schule haben heute ALLE über das Match gesprochen.

Also fast.

Unser Lehrer war wieder nur bei Plus und Minus.

Mama und Papa haben das mit dem Match
auch irgendwie mitbekommen.
Und wollten zuschauen.
Logo!

Auch die Eltern von Jan waren am Start.
Genau wie Emmas Leute und die Alten von Felix.
Sogar Torsten ist auf dem Acker aufgetaucht.

Am Ende waren es fast so viele Fans
wie bei einem echten Heimspiel!
Natürlich haben sie auch gesungen.
„Waka Waka“, das Lied der WM in Südafrika.

Alter Falter!
Der Text ist krass schwierig.
Alle haben wild durcheinandergegrölt,
aber bei „Waka Waka“ haben sie
gemeinsam „Acker, Acker!“ gebrüllt.

Damian hat das nicht beeindruckt.
Er hat nur einen blöden Spruch rausgeballert:
„Gut, dass eure Mamis da sind.
Die können euch gleich trösten,
wenn ihr heult.“

Vorwärts, Adler

Weil die Angeber einen Mann mehr
auf dem Feld hatten, galt bei uns Adlern,
dass der letzte Mann Tormann ist.

Am Anfang blieb Jan hinten.
Logo!

Aber Jan ist nicht nur ein klasse **Keeper**.
Er kann auch echt gut kicken.

„Keeper" heißt „Torwart". Klingt aber schon wieder cooler auf Englisch.

Als er mal nach vorne gelaufen ist,
hat das die Angeber total verwirrt.
Deshalb haben Jan und ich uns abgewechselt.
Mal stand ich im Mittelfeld, mal übernahm Jan
und ich kümmerte mich ums Tor.

Damian und seine Jungs waren echt stark.
Sie kannten ihre Laufwege perfekt und
spielten sich den Ball fast blind zu.

Damian bekam den Ball und lief aufs Tor zu.
Im letzten Moment staubte Felix ihm das Teil ab.
„Gut gemacht!“, rief Emma.

Ich bot mich Felix als Anspiel-Station an.
Er *musste* passen!
Gleich vier Gegner wollten ihn
in die Zange nehmen!
Aber Felix dribbelte sich frei.

Alter Falter!
Das hätte ich nicht
von ihm erwartet.

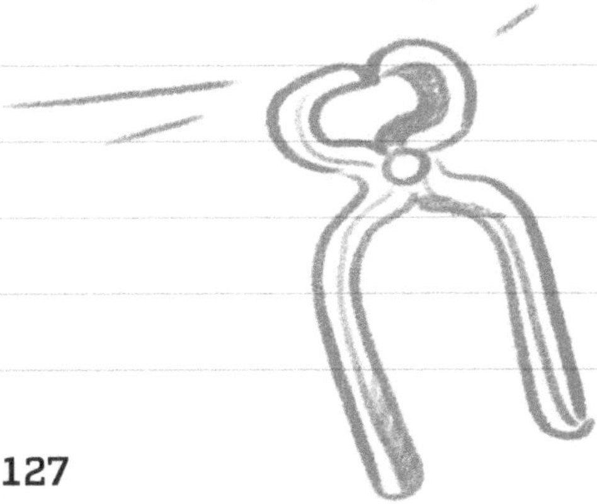

Felix überbrückte das Mittelfeld
mit einem weiten Pass zu Emma.
Emma fackelte nicht lange und zog ab.
Der Ball rauschte direkt auf das Tor zu …

… und auf den Torwart.
Mist!

Die Angeber waren wieder am Zug.

Jan war noch nicht zurück in der Abwehr,
also musste ich im Tor bleiben.

Jetzt stürmte Damian auf mich zu.
Ich musste raus, um den Winkel zu verkürzen!

Damian schoss.
Ich warf mich hin, aber der Ball flutschte mir
zwischen den Fingern durch.

Alter Falter!

Mit dem Schuss hätte man einen Nagel
in die Wand donnern können!

Der Ball sauste nur einen Zentimeter
an dem Stock vorbei, den wir als Pfosten
in die Erde gerammt hatten.
Glück gehabt!

Der Ball rollte bis zur Kirche.
Ich trabte los, um ihn zu holen.
Damian auch.

„Du traust dich ja gar nicht mehr aus dem Tor“,
sagte er. „Hast wohl Schiss?“
Echt fies von ihm!

Ich habe nichts gesagt und
bin mit dem Ball zum Tor gerannt.
Wenn Damian es so haben wollte,
konnte er es kriegen!

Ich habe den Ball weit nach rechts abgeworfen.
Er landete hinter dem Geheim-Loch.
„Was soll das denn?“, rief Emma und lief los.
Um das versteckte Loch herum.

Damian zischte an mir vorbei.

Er wollte den Ball vor Emma erreichen.
Jetzt kapierte Emma, was ich vorhatte.
Sie grinste und lief langsamer.

Damian war nur noch drei Meter vom Ball entfernt.
Und vom Loch.

Zwei Meter.

Einen.

SCHWUPS – weg war er!

Unsere Fans jubelten: „Acker, Acker!“

Jetzt düste Emma los.

Logo!

Sie kickte den Ball zu mir.
Die Angeber schauten fassungslos auf das Gras,
das ihren Kapitän verschluckt hatte.
Dann wurden sie krass sauer!

Und vergaßen komplett ihre **Raumaufteilung**!

Alter Falter!

Eine Wand aus wütenden Angebern rollte auf
mich zu.

Felix war der Einzige, den ich anspielen konnte.
Er musste einen weiten Pass zu Emma schlagen.

Aber Felix wartete, bis alle Gegner bei ihm waren!
Und stürzte sich ins Getümmel.
Er drehte sich blitzschnell um die eigene Achse.
Er nahm den Ball mit der Hacke mit und stand frei.

Alter Falter!
So einen Trick hat
nicht mal Emma drauf!

Felix schlenzte den Ball an den letzten Gegnern vorbei.
Emma nahm den Pass an und steuerte aufs Tor zu.
Der Torwart kam ihr entgegen.
Emma holte aus.
Und kickte den Ball zu Jan,
der nur noch den Fuß hinhalten musste.

TOR!

Das war der genialste Spielzug,
den die Adler je gemacht haben.
Krass!

Unsere Fans sahen das genauso.
Sie rannten sofort auf den Platz.
Also auf den Acker.

Das Spiel war vorbei.
Wir hatten gewonnen!

Wir hatten den Angebern gezeigt,
worauf es beim Fußball ankommt.
Man braucht kein tolles Stadion.
Man braucht nur ein paar Freunde,
einen Ball und einen Acker.

Torsten hat auch gejubelt.
Aber wir waren lauter.
Torsten hat uns nämlich gesagt,
dass wir wieder trainieren können.
Übermorgen treffen wir uns in der Turnhalle
der Schule.
Da spielen wir sonst nur im Winter.
Aber Hauptsache, wir können kicken!

Die Adler

Der Donnerstag, an dem es mich hart trifft …

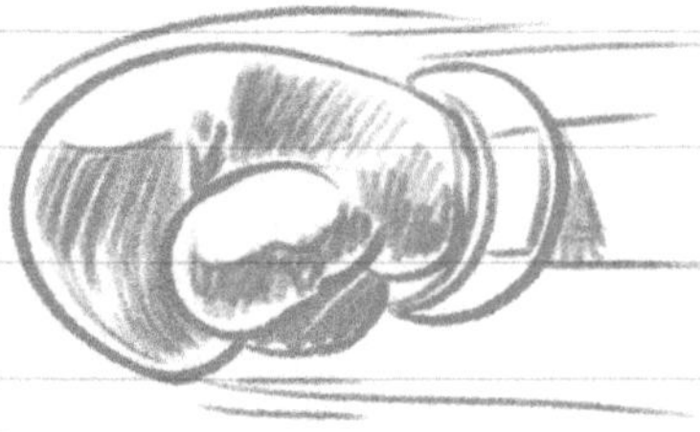

Alter Falter!

An das Training in der Halle
müssen wir uns erst gewöhnen.
Vor allem Emma hatte ihre Probleme.
Sie ist bis in den Geräteraum gedribbelt.
Dort lagen krass viele Bälle herum.
Emma konnte sich gar nicht entscheiden,
mit welchem sie wieder rauskommen sollte.

Beim Spiel war dann aber alles wie immer.
Erst mal.

Jan stand im Tor.
Emma war im Sturm.
Ich übernahm das zentrale Mittelfeld.
Felix saß auf der Bank.

Torsten hat kurz mit ihm getuschelt.
Felix hat gegrinst und ist aufs Feld gerannt.
Dafür hat Torsten mich zu sich gewinkt.

Ich habe erst gar nichts geschnallt.

Dann hat es mich härter getroffen
als jeder Spannschuss:

Torsten hat mich ausgewechselt!

Dabei war ich so gut wie immer.
Daran konnte es also nicht liegen.
Aber Felix hat krass gut gekickt auf dem Acker.
Torsten will jetzt schauen,
ob Felix das Mittelfeld rocken kann.
Dabei ist das MEINE Position!

ALARM!

Ich brauche schnell einen Plan ...

ZAPF alias Falk Holzapfel

ist gelernter Lehrer für Kunst und Deutsch und lebt nach seinem Studium in Weingarten heute als freier Illustrator in Berlin und Wien.

Heiko Wolz

war Buchhändler und Mitarbeiter in einem Wohnheim für Menschen mit geistiger Behinderung, bis seine Frau und die vier Kinder ihn zum Hausmann erklärten. Seine skurril-witzigen Romane und Erzählungen schreibt er nun zwischen Herd und Puppenhaus, Bügelbrett und Ritterburg. Heiko Wolz lebt mit seiner Familie in Unterfranken auf dem Land.

Nach dem Spiel ...